A TOI, COURTISANE!

SATIRE DE MOEURS.

PAR A^te BOISRAYON.

Et le vent, soupirant sous le frais sycomore,
Allait tout parfumé de Sodome à Gomorrhe !
C'est alors que passa le nuage noirci,
Et que la voix d'en haut lui cria : — C'est ici!

Les Orientales. (VICTOR HUGO.)

PARIS,
CHEZ L'AUTEUR, RUE TRAINÉE, 13.
TYPOGRAPHIE DE FIRMIN DIDOT FRÈRES,
Imprimeurs de l'Institut, rue Jacob, 56.

1848.

A TOI, COURTISANE !

SATIRE DE MOEURS.

PAR A^{TE} BOISRAYON.

BIBLIOTHÈQUE NATIONALE. R. F. IMPRIMÉS.

Et le vent, soupirant sous le frais sycomore,
Allait tout parfumé de Sodome à Gomorrhe !
C'est alors que passa le nuage noirci,
Et que la voix d'en haut lui cria : — C'est ici!
Les Orientales. (Victor Hugo.)

PARIS,
CHEZ L'AUTEUR, RUE TRAINÉE, 13.

TYPOGRAPHIE DE FIRMIN DIDOT FRÈRES,
Imprimeurs de l'Institut, rue Jacob, 56.

1848.

A TOI, COURTISANE!

Nymphomane flétrie aux veilles de l'orgie,
Vampire qui la nuit embrase, et par magie
D'un satyre velu galvanise l'ardeur
En allumant ses sens d'une immonde chaleur;
Créature sans foi, courtisane impudique,
Toi qui n'as de l'amour que la fièvre lubrique;
Saltimbanque femelle au masque de démon,
Je prêche sur ton culte : écoute le sermon.
Afin que de dégoût ils détournent la vue,
A ceux qui t'admiraient je vais te montrer nue,
Prouver ton imposture en crachant sur le fard
Qui couvre de ton corps le teint jaune et blafard;
Pour chasser le fléau de ton épidémie,
Cautériser ta lèpre où suinte l'infamie,
Te clouer au carcan du cynisme effronté,
Et sur le pilori de la publicité
Comme un sanglant stigmate appliquer sur ta joue
La monstruosité de ton âme de boue,
Écrire sur ton front : — Le vice fait son art;
Son cœur est un caillou ! son bouge un lupanar !

Rangez-vous, faites place à la Vénus antique,
A la belle Péri, fée ou rose mystique,
A la suave ondine, à la nymphe des bois,
Qui vient, reine d'amour, vous soumettre à ses lois.

1.

Saluez ! Oh, pardon ! c'est une courtisane,
Un phosphore vaseux sans éclat diaphane,
Une perle de verre, un clinquant arsenal
D'où s'échappent sans cesse et l'ordure et le mal.
C'est la louve au parfum de Portugal et d'ambre,
Cachant sous le satin le coton qui la cambre;
C'est la chaste Laïs, qui, pour quelques écus,
Donne l'échantillon de toutes ses vertus !...
J'entends dire : Pourquoi ce terrible langage ?
Pourquoi grimer la femme en hideux personnage ?
Pourquoi substituer l'ignoble au sentiment ?
M'y voici : j'ignorais qu'un mensonge impudent,
Sous ces traits carminés d'inceste et d'adultère,
Singeait le sentiment pour faire une rosière
De ces appas flétris où végète par l'art
Ce semblant de beauté, visage de renard,
Où l'astuce tient lieu de passion profonde,
Où l'esprit n'est qu'un gui que la pudeur émonde,
Où l'âme est un atome et le cœur un ciron,
Où tout est parasite, où, comme un liseron
Recouvre de ses fleurs la plante délétère,
Le vice séduisant couvre un cœur de vipère.
Voilà l'idole, hélas ! voilà le piédestal
Sur lequel l'élevait votre amour idéal.
Voyez-la maintenant, d'une allure indécente,
Dans l'agiot des sens trafiquer sur la rente;
Compter ses jours par nuits, ses soupirs par l'argent
Que lui jette au lever un salaire outrageant;
Récupérer le temps de ses jours d'abstinence
Par le tripot du jeu, par l'intrigue ou la danse,
Par la danse surtout : bohémienne au Prado,
Sylphide à Clignancourt, reine à Valentino,

A Montmartre, à Mabile, à la Grande-Chaumière,
A l'Opéra, partout, elle tient cour plénière.
Cette larve d'amour qu'un baladin poursuit
Se fera papillon dès que viendra la nuit,
Pour butiner la fleur d'un mois d'économie
A tous ces arlequins qui, dans leur bonhomie,
Osent croire qu'un nom de pacha, d'hospodar,
Appartient à qui mieux sait faire un grand écart;
Que pour ces vers luisants qui n'ont rien de la femme,
User ses sentiments, son honneur et son âme,
En propos dégoûtants, en gestes libertins,
C'est être le plus grand parmi les grands pantins.
Dès qu'elle aura dupé ces bustes de la Fable,
Suivons la courtisane à l'antre redoutable
De ces Lauzuns escrocs, lions enluminés,
Lowelaces déchus, hidalgos avinés.
A l'insolence au front, qu'ils portent en aigrette,
Chacun reconnaîtra mes héros en jaquette.
Les voilà réunis; chacun d'eux sur l'honneur
Jure par tous ses dieux comme un vrai pourfendeur,
Qu'Anatole est divin dans son impertinence,
Que de tous les roués il est le plus *régence*,
Et que nul mieux que lui sait perdre à l'écarté
L'or que cet amoureux gagne en docilité,
Dans l'alcôve d'un lit blotti comme un cloporte,
Dès que le protecteur se présente à la porte.
Comme les rats d'égout vivent dans leurs bourbiers,
Sigisbés sans esprit, dons Juans aventuriers,
Vous les verrez toujours, au temps des mascarades,
Suivis ou remorqués par des Hérodiades
Et des Phrynés sans honte, impudentes catins,
Vivant au soir le soir de produits clandestins;

Le front souillé de fange, à genoux ils demandent
L'or donné par le vice; et si bas ils descendent,
Que pour avoir cet or il est plus d'un voleur
Qui le refuserait par dégoût et pudeur.
Or, tout homme ainsi fait, aussi vil, aussi lâche,
Vaut-il qu'on s'en occupe et surtout qu'on se fâche?
Ni l'un ni l'autre; il faut, en juge expéditif,
Stigmatiser son corps du fouet coercitif,
L'abandonner mourant aux chiens de la voirie,
En priant le Seigneur pour son âme appauvrie.

Éclairons maintenant et montrons au grand jour
Ce qui reste d'éclos dans le hideux séjour,
Atout du proxénète, ornement du cortége,
Passe-cœur au banquier que madame protége,
Et trèfle pour l'intrus qui veillait au talon,
Ou plutôt y dormait comme dort un frelon,
Ivre des meilleurs vins, gavé, repu de viande,
En rêvant qu'au réveil il aurait sa provende.
Quoi! le Grec dort aussi? Sire, c'est trop dormir :
Prélevez votre dîme aux dépens du plaisir,
Faites face au tapis, et supputez d'avance
Tout ce qu'on peut gagner par bonne contenance.
Branle-bas de combat, feu babord, feu tribord,
Feu sur l'Anglais, seigneur! Le groom annonce un lord;
Que vos yeux constamment suivent ceux d'un compère;
Dévalisez John Bull pour les frais de la guerre;
Rappelez-vous toujours, chevalier de brelan,
Que Dieu fit le pigeon pour le bec du milan;
Qu'il faut à la bouillotte, en joueur émérite,
Compter sur son sang-froid comme un soldat d'élite;
Opérer prudemment sa retraite avec l'or,

Remonter à la brèche, et disparaître encor.
Voilà, de la sentine où l'honneur se carie,
Qu'elle est, mon cher lecteur, l'adroite jonglerie ;
Là, tous les raffinés de l'infâme tripot
Vous offrent un souper dont vous payez l'écot :
La dame du logis, par l'ampleur de ses charmes,
Vous invite au dessert à quelques passes d'armes ;
Et le matin vous trouve où vous fûtes vaincu,
Le nez en l'air, cherchant votre dernier écu.

Je laisse ces messieurs, crainte d'être prolixe ;
Mais je reviens à toi, courtisane, et m'y fixe :
A qui vit de ta vie il faut un châtiment.
Ces hommes mâtinés m'ont servi de pendant
Pour rehausser l'éclat de ton panégyrique,
Et mettre en belle humeur ma verve satirique.
J'en ai fait mon exorde, afin que tes atours
Ornent seuls le portrait de tes chastes amours.

Te souvient-il qu'enfant, les vices d'un autre âge
Préconisaient tes sens pour le libertinage ;
Qu'à tes pieds prosterné le plus vrai des amants
Te pria par des pleurs, comme on prie à vingt ans,
D'épargner son amour, que le ciel fit immense,
Immense comme Dieu l'est pour toute espérance ;
Son amour, épi d'or par sa mère béni,
Simple, et de majesté grand comme l'infini,
Chaste palladium de la plus noble flamme,
Tabernacle divin parfumé de son âme,
Vase d'élection où Dieu seul a su voir
Tout ce qu'il renfermait de croyance et d'espoir,
Et que tu l'as flétri par ta coquetterie,

Sans consoler d'un mot son âme endolorie,
Sans que de toi jamais un souris bienfaisant
Rassérénât le cœur de ce sublime enfant?
Ton dédain fut sa mort : maintenant tu respires.
Que t'importait sa mort? De brillants cachemires
Étalaient sans vergogne, à peine au lendemain,
Le cynisme naissant de ton luxe mondain.
Un Cassandre impotent mieux que lui sut te plaire;
Il avait de l'argent; l'éclat du numéraire
Séduisit tout d'abord ton désir de briller :
Le vieillard te vêtit pour te déshabiller.
Son ardeur n'avait rien du larcin qui dérobe :
Un écu détachait les cordons de ta robe,
Vingt te faisaient voir nue; et, pour cinquante, on dit
Que tu voilais la vierge et réchauffais un lit.
Ah! fi! je ne crois rien de cette grande injure.
Est-ce donc pour si peu que tombe la ceinture,
Lorsqu'on a comme toi la noble ambition
D'offrir aux acquéreurs sa réputation?
Que le monde est méchant dans son acrimonie!
Quoi! pour cinquante écus (c'est une calomnie)
Tu vendis, je l'ai su par tes adorateurs,
A la hausse du cours tes premières faveurs?
Un vieillard quelquefois peut sauver du naufrage :
Puis il est doux d'aimer l'homme au déclin de l'âge,
De presser dans ses bras, d'appeler son trésor,
Le respectable amant qui donne beaucoup d'or.
Sa bourse pour ton cœur fut prodigue et féconde;
Par d'impôts indirects la tienne devint ronde.
Mais un amour d'encan a son pire destin :
Deux fois, trois fois, hélas! ce fut pour un Frontin,
Pour le valet admis dans le lit de son maître,

Qu'en te poussant du pied l'on te fit disparaître
De cet Eldorado, séjour luxurieux,
Où par humanité tu faisais deux heureux.
Te souvenant alors, aimable créature,
Qu'aux petits des oiseaux Dieu donnait la pâture,
En t'envolant du nid où ton chant préluda,
Tu fus chercher la tienne au harem de Bréda;
Harem délicieux de houris, de vestales,
Où le *dolce far-niente* effeuille ses pétales,
Voluptueux Éden, Élysée enchanteur,
Où l'oubli du Léthé promène sa fraîcheur.
C'est l'heure où les amants vont prendre nourriture :
Soyez la bienvenue au banquet d'Épicure;
Entrez, madame, entrez, on commence à l'instant;
Tout Paris sera là, le Paris élégant.
Déjà, pour vous fêter, j'aperçois la finance
De grands seigneurs, un comte, un duc et pair de France,
Un parfait gentilhomme au blason redoré,
Un poëte incompris et pourtant adoré.
Recevez compliment du jockey fashionable
Que le cercle du club députe à votre table.
C'est pour vous que Préville a vendu tant de gants?
Quel ton, quelle fraîcheur ont tous les suffragants!
Secouez, secouez l'indolente inertie
De ces penseurs mort-nés de la diplomatie;
Puis dites-nous, Laïs, pour qui ces baisers-là?
Parbleu! c'est pour l'abbé, ce fils de Loyola
Qui tance vertement l'abus de la matière,
Et garde pour lui seul l'indulgence plénière.
Cet homme a, croyez-moi, l'art de la trahison :
L'esprit, dit-il, a tort quand la chair a raison.
Vous voyez que le drôle en prend tout à son aise;

Mais Tartufe est un saint, il faut que je me taise.
Rechargeons la palette, essuyons le pinceau,
Et par d'autres couleurs égayons le tableau.

Du Cénacle complet j'ai fermé les issues.
Et les dames? dit-on. Les dames sont reçues :
Voilà miss Patchouli, Lola peu de vertu,
La senora Cancan, sœur de Couche-tout-nu,
La diva Rivoli, la comtesse Saint-George,
Mazagran qui pour plaire ouate sa chaste gorge,
L'érudite Sorbonne adorée en latin,
Plastique de Trévise, et Mazurka d'Antin.
Déjà de Botherel les vineux confortables
Promettent bonne chère aux convives aimables.
Bien mieux que Lucullus, Laïs sait recevoir.
Boire à pleins bords, chez elle, est le premier devoir.
La raison doit rester au fond de chaque verre :
Seraient réputés sots, indignes de lui plaire,
Tous ceux qui n'auraient pas, avant l'aube du jour,
Accouplé leur ivresse aux transports de l'amour.
Bacchus est l'échanson de Vénus érotique.
Horreur! Ferme les yeux, ô lectrice pudique !
La débauche est en rut; de monstrueux plaisirs
Excitent Messaline à de nouveaux désirs :
Entre les bras d'un faune, ainsi qu'une bacchante,
Lascive, elle se tord, et sa bouche écumante
Redemande la coupe où, buvant à pleins bords,
L'Arétin a puisé ses lubriques transports.
Quand le punch au cloaque eut rendu la lumière,
Laïs vida la coupe à sa vertu première.
A ce toast imprévu, l'on vit chaque buveur
Réclamer bruyamment l'histoire de son cœur.

« Sachez tous, mes très-chers, leur dit la courtisane,
Que, femme bien portante, aimant peu la tisane,
Je préfère l'orgie aux fades sentiments
Que roucoulent en pleurs d'imbéciles amants.
J'exècre de ces sots la sotte retenue,
Et livre, à qui la veut, ma gorge toute nue.
Je donne aux libertins ou je vends aux vieillards,
Aux premiers le beau temps, aux derniers les brouillards.
Un chauve Turcaret, en me rendant hommage,
Se plaignait de mon cœur insensible et volage ;
Que j'escomptais mes feux au taux de son argent.
Tout beau ! lui répondis-je ; avec vous c'est urgent :
Il faut être Harpagon, ladre dont rien n'approche.
Pour trouver dans ce fait le motif d'un reproche :
Par vos quelques cheveux, entendez la raison :
La saison d'être aimé n'est plus votre saison ;
L'argent que vous donnez, je l'accepte pour plaire :
C'est l'accepter pour vous. N'appelez pas salaire
Vos billets de faveur contre-signés Garat :
La Banque est à l'amour ce qu'est à tout contrat
Le nom du débiteur qui, redoutant l'usure,
Paye espèces le *doit* d'un *avoir* en nature.
Mais laissons ce vieillard, podagre rétréci,
Et parlons sentiment. Un, deux, trois, m'y voici :
De l'histoire, messieurs, Laïs est l'héroïne.
J'allais cueillir des fleurs comme feu Proserpine,
Et comme elle espérais trouver un noir Pluton,
Car j'adore les bruns ! demandez au baron.
Tout me parlait d'amour ; la nature était belle
Comme l'est à seize ans une femme infidèle.
J'avais au cœur, je crois, un immense besoin,
Un feu que le désir attisait avec soin,

Et voulais dire, hélas ! bonsoir à l'innocence,
Pour goûter au bonheur de la concupiscence.
Mes soupirs langoureux trouvèrent un écho ;
L'amoureux se montra ; jugez du quiproquo !
L'amoureux était blond, novice en badinage,
Tremblant, respectueux... Quand j'y pense, j'enrage.
Après avoir tout fait pour qu'il me possédât,
Le sot fit un soupir, et tout se borna là.
Le repas était maigre, ainsi que l'aventure ;
Je vous laisse à penser quelle triste figure
Faisait le sentiment dans ce tendre aparté !
— Passez-moi, je vous prie, un morceau de pâté.
Or, j'abhorre depuis sa détestable engeance,
Et suis, pour la poursuivre, implacable en vengeance.
Pour châtier ce fat drapé dans sa vertu,
Je feignis de l'aimer ; il en fut éperdu.
La chose était aisée avec si folle tête ;
Car sachez avant tout que c'était un poëte,
Un habitant du ciel, chérubin accompli,
Comparant tout aux fleurs, au lapis-lazuli.
Pour foudroyer son cœur par la coquetterie,
Je fis de mon regard gronder l'artillerie ;
Et lorsqu'il vint ému, tremblant, à deux genoux,
Me demander le prix d'un bonheur aussi doux,
En lui riant au nez, je lui dis sans préface :
Un autre en ce moment pense aux frais de la place ;
Après lui comptez-y, vous aurez votre tour :
Ce sera pour demain, ou pour un autre jour.
Comme à Lucie Edgord dut lancer l'anathème,
Un râlement, un cri de rage et de blasphème
Soudain me fut jeté. Puis, maudissant le sort,
Demain, s'écria-t-il, demain je serai mort ;

Je ne ramperai pas dans l'approche du vice :
Que mon sang soit le prix d'un infâme artifice !
Aimer est un malheur dont on ne revient pas ;
La sympathie, un mot qui conduit au trépas.
Je suis venu vers vous, confiant et crédule
(Pouvais-je me douter que j'étais ridicule?),
Me jeter à vos pieds ; vos pieds m'ont repoussé.
Assez de honte, assez ! je maudis mon passé.
A qui brise l'espoir, Dieu jette la souffrance :
C'est votre lot, madame ; ayez-en l'assurance.
A vous qui déversez le malheur sur le bien,
Je lègue le malheur, le malheur sans soutien :
Comme le paria, que tout vous abandonne !
Rampez, rampez encor ! toujours ! je vous l'ordonne !
Que le gouffre du mal sous vos pas soit ouvert !
Dieu peut vous pardonner, moi non ; j'ai trop souffert.
— Sortez, monsieur, sortez ; les gens de votre sorte
Sont des fous dangereux que je mets à la porte ;
Votre esprit n'est pas sain ; je suis un peu docteur.
Sortez ! ou mon valet calmera votre aigreur.
A ces mots, l'amoureux plein de trouble et de rage
Partit comme un lion dont on brise la cage.
Mais ce pâté m'étouffe ! Une coupe, et du vin ;
Emplissez jusqu'aux bords, l'histoire est à sa fin :
Un message de mort m'apprit que le soir même
Il avait résolu le terrible problème.

« Vous comprendrez, très-chers, qu'un tel fou se pendit.
Je veux mourir, dit-il. Aussitôt fait que dit.
Talisman du bonheur que le plaisir m'accorde,
De ce grand souvenir j'ai conservé la corde.
L'imbécile vivrait, s'il eût résolûment

Partagé mes désirs et ri du sentiment ;
Mais c'était un niais ne sachant rien comprendre,
Hurlant : Je veux mourir ! Je l'ai laissé se pendre,
Et dit, comme oraison, en déplorant son sort :
Il aimait trop le chanvre ; hélas ! il en est mort !... »

    Où finit ton débit ma critique commence.
Assez ! méchant serpent d'impudente insolence !
Tu n'as jamais compris ce que trouve un bon cœur
Dans le chant d'un oiseau, le parfum d'une fleur.
Pour goûter les beautés de la simple nature,
Tes goûts sont trop abjects, ta flamme trop impure ;
Chaque jour, chaque nuit, l'obscène passion
Te courbe sous le joug de sa prostration ;
Et les baisers visqueux de tes Sardanapales
Ravivent seuls tes sens au lit des saturnales,
Où de blasés crétins gagnent au plus offrant
L'espoir de satisfaire un désir impuissant.
Ingurgite d'un trait le breuvage et la lie
Du philtre empoisonné de ta coupe salie ;
Tu finiras bientôt les bribes du festin :
Tout vice porte en lui l'ulcère de sa fin.
Hier folle d'orgueil, d'insolence, de morgue,
Aujourd'hui misérable, et demain à la morgue,
On te verra traîner ton flétrissant passé,
Mourir comme un lépreux sur le bord d'un fossé,
Sans la voix d'un ami pour plaindre ta misère,
Sans l'adieu d'un enfant dans un mot de prière,
Sans qu'une âme d'élite, un cœur affectueux
Couvre de fleurs tes jours en te fermant les yeux.
Que de mépris sur toi, que d'horreur, que de fange
Sur la femme où l'amour devait trouver un ange,

Quand, l'infamie au front et le cœur pollué,
Pour d'immondes plaisirs son amant conspué
La jette vermoulue aux bras des avanies,
Comme on jette au bourreau l'impôt des gémonies,
Comme on te jettera, fille de lupanar,
Du grabat Saint-Lazare au charnier de Clamart !
Un sentiment, un seul, des plus saints, des plus nobles,
Aurait fait oublier tes passions ignobles :
Le sentiment sacré de la mère à l'enfant
Eût été pour t'absoudre un mobile puissant ;
Par lui, pour ses devoirs, la nature pardonne
Le désordre des sens où le cœur s'abandonne.
Mais tu l'as méconnu, pour détruire en ton sein
L'enfant purifié par son Père divin.
Sois maudite de tous, courtisane cruelle,
Qui détruis sans pitié le fruit de la femelle,
Et blasphèmes l'espoir de la création
En mutilant son œuvre à l'état d'embryon !
Le Dieu qui pardonnait à la femme adultère
Te redemandera l'enfant mort pour sa mère,
L'âme prédestinée aux limbes des élus,
Victime de tes sens, au crime résolus
Comme le fut le cœur de la mère coupable :
Ce Dieu sera pour toi terrible, impitoyable ;
Et, détournant sa face empreinte de mépris,
Il te repoussera, sans écouter tes cris,
Dans le néant du monde, où toute âme servile
Disparaît pour toujours dans sa boueuse argile.
Oh ! laissons ce tableau traîner dans son égout.
Pour peindre de tels faits, mon courage est à bout.
Rien, rien dans ce désert pour rafraîchir ma route ;
Pas la moindre oasis, et d'eau pas une goutte.

On craint de s'égarer dans un dédale affreux ;
On marche en hésitant sur un terrain fangeux.
La tête a besoin d'air ; une vapeur fétide
Oppresse la poitrine et rend le front livide.
Je veux de ce fumier m'élancer vers le ciel ;
Rends-moi, muse, rends-moi ton bienfaisant soleil ;
Rends mon cœur à l'amour, mon âme à la prière,
Mes chants à l'avenir, mes yeux à la lumière.
Courroucé sans aigreur, j'ai flétri par devoir,
Mais ne veux plus maudire. Il me reste l'espoir
Que le bien quelquefois, comme la primevère,
Peut germer sous la neige, épanouir sur terre,
Couvrir de ses rameaux un pieux repentir,
Et rendre à Madeleine un nouvel avenir.

www.ingramcontent.com/pod-product-compliance
Lightning Source LLC
LaVergne TN
LVHW010135060726
842524LV00005B/1947